La piste du langage corporel

Entrer dans l'esprit

Translated to French from the English version of
The Body Language Trail

Jude D'Souza

Ukiyoto Publishing

Tous les droits d'édition mondiaux sont détenus par

Éditions Ukiyoto

Publié en 2023

Contenu Copyright © Jude D'Souza

ISBN 9789360160678

Tous droits réservés.
Aucune partie de cette publication ne peut être reproduite, transmise ou stockée dans un système de recherche documentaire, sous quelque forme que ce soit et par quelque moyen que ce soit, électronique, mécanique, photocopie, enregistrement ou autre, sans l'autorisation préalable de l'éditeur.

Les droits moraux de l'auteur ont été revendiqués.
Ce livre est vendu à la condition qu'il ne soit pas prêté, revendu, loué ou diffusé de quelque manière que ce soit, à titre commercial ou autre, sans l'accord préalable de l'éditeur, sous une forme de reliure ou de couverture autre que celle dans laquelle il est publié.

www.ukiyoto.com

Dédicace

Ce livre est dédié à ma mère vierge céleste qui m'a permis d'exceller dans ma carrière tout au long de ces années. Elle a travaillé avec zèle et sans relâche pour que des livres tels que ceux-ci soient mis à la disposition des lecteurs. C'est grâce à elle que je suis un bon auteur, écrivain et plus encore. Tout le mérite lui revient.

Remerciements

Je remercie les personnes que j'ai rencontrées dans la vie et qui ont enrichi ma base de connaissances sur les signes non verbaux mentionnés dans ce livre. Tout cela a été ordonné par Dieu et tous sont précieux dans ma vie. Je suis en bons termes avec chacune de ces personnes précieuses qui ont apporté une telle nourriture intellectuelle dans ma vie et qui continuent à le faire aujourd'hui encore. Que Dieu vous bénisse.

Contenu

Introduction	1
Champ d'application de ce livre	3
Poignée de main	5
Renifler	10
Jouer avec les pieds	17
La touche perfectionniste	22
La recherche de l'horizon	25
Indice d'exposition à la colère	30
Indice d'exposition à la peur	32
L'indice d'exposition intelligente	35
Callosité - Indice d'exposition	37
Indice de manifestation de l'anxiété	39
Épilogue	40
A propos de l'auteur	*42*

Introduction

Les êtres humains sont assez complexes à comprendre. On peut les connaître en étant proche d'eux depuis un certain nombre d'années, comme nous connaissons nos meilleurs amis, notre famille ou nos connaissances. Mais il est possible d'apprendre à connaître les gens par d'autres moyens très rapidement si l'on prête une attention particulière à leur langage corporel et à leurs manières. Il s'agit souvent de signes véridiques sur ce qui se passe dans l'esprit d'une personne, qui ne mentent pas.

Ces signes de vérité sont utilisés par les psychiatres et les psychologues pour évaluer les personnes ou les traiter. En outre, certains organismes d'enquête ou responsables de l'application des lois ont tendance à les rechercher pour évaluer un suspect et même les juges peuvent les rechercher chez les témoins pour parvenir à un jugement. Mais le jugement dépend des preuves apportées et non de cette évaluation.

Les vendeurs pourraient également s'en servir pour vendre leurs produits à des prospects. Mais l'évaluation requiert un certain nombre de compétences et certains francs-tireurs de cette profession peuvent facilement se frayer un chemin jusqu'au sommet de l'échelle de l'entreprise grâce à leurs connaissances approfondies en la matière.

Les possibilités sont illimitées et on ne peut qu'imaginer l'éventail des applications. J'ai énuméré quelques-uns des plus importants et chaque chapitre est consacré à chacun des indices qui permettent d'évaluer l'état d'esprit d'une personne ou ce qui se passe dans son esprit.

J'ai appris tout cela en observant les gens pendant quelques années et j'ai acquis ces compétences une à une. L'expérience est le meilleur professeur, comme on dit. Les intellectuels ont cette capacité d'apprendre de manière innée sans faire l'effort de se plonger dans des livres ou d'autres ressources d'apprentissage.

En outre, comme j'ai découvert qu'il y avait une pénurie de livres sur le langage corporel qui examinent de nombreux indices non verbaux que je connais par expérience, j'ai pensé qu'il serait bon de diffuser quelques connaissances tirées de mon propre travail écrit. Le savoir doit être partagé et, comme il s'agit d'un don, il doit être mis à la disposition de chacun dans sa bibliothèque.

Champ d'application de ce livre

Un vieil adage dit que "le visage est l'indice de l'esprit". Fidèle à ce proverbe, le visage expose tout ce qui se trouve dans l'esprit d'un individu. Cela peut aller d'un simple sourire à des sourires beaucoup plus complexes qui révèlent la personnalité. Le plus beau, c'est que ces choses ne peuvent jamais être cachées ou manipulées par la personne concernée et qu'elles se révèlent au grand jour pour un bon observateur.

Lorsqu'on parle d'indices non verbaux ou de langage corporel d'une personne, il s'agit de l'ensemble des informations qu'elle transmet par des mouvements corporels conscients ou inconscients, des expressions faciales et des gestes.

Le domaine d'étude dans lequel ces aspects sont couverts est appelé *kinesics*. Il s'agit d'un terme inventé par l'anthropologue américain Ray Birdwhistell.

Les psychiatres sont constamment confrontés à ce type d'indices non verbaux. Ils recherchent ces éléments chez leurs patients quotidiens afin de les évaluer en profondeur et disposent d'une longue liste de contrôle pour mesurer leur solidité d'esprit. Ils s'appuient davantage sur des gestes faciaux tels que le rétrécissement ou l'état des yeux, la position de la bouche sur le visage, le froncement des sourcils, etc. Ceux-ci peuvent révéler des émotions et des informations plus profondes sur l'état d'esprit d'une personne.

Le mensonge, la colère, la peur, la timidité, l'extraversion, l'innocence, les capacités intellectuelles et bien d'autres choses encore peuvent être révélées par ces gestes faciaux. Ces professionnels disposent d'un arsenal d'astuces leur permettant d'avoir un regard éclairé sur une personne. Ils sont censés poser des questions pour obtenir une réponse par le biais d'indices non verbaux.

Ce livre n'est pas un ouvrage permettant d'approfondir ces indices non verbaux complexes que sont les gestes du visage. Ils peuvent être assez complexes et nécessitent une bonne dose d'expérience pour les maîtriser et comprendre l'esprit ou l'intention d'une personne.

Plus important encore, ce travail vise à aider l'homme de la rue en lui fournissant des signaux non verbaux faciles à comprendre et à comprendre, afin qu'il puisse garder une longueur d'avance sur les défis posés par la dureté du monde extérieur.

En résumé, il ne s'agit pas non plus d'un objet délicat à mettre en valeur, mais d'informations pratiques à utiliser. Comme je l'ai utilisé dans ma propre vie, j'en tire ici des exemples afin qu'il puisse être bénéfique aux personnes ordinaires, par ailleurs vulnérables, lorsqu'elles sont confrontées aux démons de la vie.

Références

www.thehansindia.com/hans/young-hans/face-is-the-index-of-mind--525232

Poignée de main

Ce type d'indice non verbal est la forme la plus évidente de connaître l'esprit d'une personne et tout le monde y est habitué. Saluer une personne en lui serrant la main est la norme. Il peut en dire long sur la personne pour celui qui est prêt à l'observer.

Mains froides

Par exemple, si une personne a les mains froides et que vous le sentez en lui serrant la main, cela peut signifier qu'elle est nerveuse. Mon père a été convoqué à un séminaire à l'évêché de ma ville natale pour faire un exposé sur les activités en cours dans sa paroisse. En effet, il enseignait le catéchisme à des élèves de différentes classes de l'école primaire, de l'école secondaire et à des étudiants de l'université de sa paroisse.

Cette opportunité était en or puisqu'il a été sélectionné parmi un grand nombre de paroisses dans et autour de notre région.

Il était sur le point de monter sur l'estrade pour donner une conférence et il a vu un visage familier dans la foule - une religieuse qui était présente - et elle l'a salué sans qu'il la connaisse depuis longtemps. Il tend la main vers elle pour lui serrer la main. Elle lui répond de la même manière et lui fait remarquer que sa main est froide.

Elle n'arrive pas à comprendre ce qui se passe dans son esprit. Mais mon père m'a révélé après cet incident - quand il est rentré à la maison - qu'il était nerveux parce qu'il était sur le point de parler devant un grand nombre de personnes consacrées qui ont une autorité ordonnée par Dieu sur nos âmes. C'est tout à fait normal, car ces personnes ne se mêlent pas à nous de manière très amicale.

Un léger cas de nervosité et une pointe de trac ont été révélés à cette religieuse par les mains froides de mon père. Mon père n'a pas eu de trac à l'époque, mais, comme je l'ai dit, c'était léger.

D'un point de vue médical, les mains froides peuvent être comprises de cette manière. Le corps déclenche une réaction de lutte ou de fuite.

Cette réaction est généralement déclenchée lorsque nous sommes confrontés à un prédateur ou à un danger sur le point d'attaquer. L'adrénaline est générée et le cœur retire le sang de l'organe du corps le plus vulnérable ou dans la ligne d'attaque. Inutile de dire qu'ici, c'est la main. La main devient donc plus froide.

On peut le constater chez les personnes décédées. Il n'y a pas de sang dans leur corps. Il fait donc très froid.

Dans la situation décrite ci-dessus, où mon père souffre d'un léger trac, le prédateur n'est pas visible. En effet, l'esprit ne sait pas où se trouve le prédateur et le corps se prépare encore à affronter l'attaque du prédateur. C'est ce qui provoque la nervosité et la peur.

Palmier rugueux

Lors d'une poignée de main, si les paumes de la personne ont une texture dure ou rugueuse, cela peut signifier beaucoup de choses. Plus précisément, la texture rugueuse de la paume de la main peut indiquer que la personne effectue un travail difficile ou physique.

Ce travail physique peut concerner une personne qui est mécanicien, qui travaille dans une division d'outils d'usinage, qui manipule des pièces en métal dur, qui fait de la fonderie, de la forge ou même du creusage et d'autres travaux de construction tels que le pliage de barres. On ne peut que spéculer.

J'avais un ami depuis l'école. Il avait les mains légèrement rugueuses, si je me souviens bien, car nous jouions pendant l'école et après les heures de cours. Cette personne avait un caractère bien trempé et était un individu déterminé et rusé, élevé dans un environnement difficile et à la dure. Peu à peu, il a terminé son diplôme universitaire et a cherché des emplois pour gagner sa vie.

Je l'ai rencontré après une longue période et depuis qu'il a trouvé un emploi en ville, j'ai senti, en lui serrant la main, que ses paumes étaient très rugueuses. Après avoir posé la question, il a supposé qu'étant donné qu'il travaillait dans la division des outils et qu'il était ingénieur mécanique de profession, c'était évident.

Il savait manipuler et fabriquer des produits en acier. Cela donnait aussi l'impression d'être dur à l'extérieur - un trait très important de la "virilité" et d'un individu aguerri, je suppose. La personne a été élevée de manière rigoureuse.

En outre, j'ai des mains très douces depuis l'école. Mes amis me demandaient toujours comment il se faisait que j'avais des mains très douces. Il est vrai que, même aujourd'hui, je ne suis pas habitué aux travaux physiques durs. Mais je suis très fort mentalement et j'ai vécu des situations difficiles au cours de ma vie.

Pour mettre les choses en perspective, le fait d'avoir les paumes rugueuses ne signifie pas que la personne a été élevée à la dure ou qu'elle a connu de nombreuses situations difficiles dans la vie. Mais cela implique simplement qu'ils ont été soumis à un dur travail physique. Être fort mentalement et psychologiquement est un aspect totalement différent. Il ne faut pas se laisser abuser. Cet indice non verbal peut être superficiel et il convient de creuser davantage.

Les médecins ont eux aussi les paumes très rugueuses, car ils doivent constamment se désinfecter les mains avec du savon ou des désinfectants à base d'alcool pour éviter de contracter des germes. En effet, ils sont constamment confrontés à des maladies et à des germes fréquemment exposés au risque. Même les interventions chirurgicales qu'ils pratiquent peuvent être bâclées s'ils ne se désinfectent pas eux-mêmes et ne maintiennent pas l'environnement stérile. C'est un fait connu.

Indices trompeurs

Des palmiers rugueux peuvent également être observés chez les personnes pendant la saison hivernale. Il s'agit des mains gercées en hiver, causées par les vents violents, les pluies froides et humides, la neige et la chaleur sèche à l'intérieur. Le temps froid et humide peut faire disparaître la barrière protectrice que la peau met en place pour se défendre.

Le meilleur moyen de ne pas être induit en erreur par ces mains gercées et de croire à une personnalité physiquement dure est de regarder la paume de la personne. La peau présente une formation blanche et écailleuse.

Un autre indice assez trompeur pourrait être que la personne est germophobe et a l'habitude de se laver et de se désinfecter les mains en permanence, ce qui rend ses paumes rugueuses. Comme indiqué, il existe une myriade d'autres possibilités et d'affections cutanées telles que l'eczéma ou le psoriasis. Une bonne dose d'expérience est nécessaire pour juger du caractère racé de la personne ou d'autres indices le suggérant.

Paume en sueur ou graisseuse

Une paume moite ou grasse peut signifier que la personne en question est nerveuse. Certaines personnes ont une odeur de vomi dans leur sueur. Là encore, cela peut être dû à des conditions médicales sous-jacentes. Mais il peut s'agir d'un bon indice non verbal qui vous permet d'enrichir votre arsenal de connaissances sur la personne et sur ce qui se passe dans son esprit, afin d'envisager votre prochaine action.

Vous avez peut-être remarqué des personnes qui transpirent et qui ajustent le col de leur chemise lorsqu'on leur pose des questions embarrassantes. Le scénario peut être une question difficile et sans réponse à laquelle il faut répondre lors d'un entretien d'embauche. La personne interrogée peut être prise au piège et ne pas savoir quoi faire.

Il en va de même pour la paume qui transpire lors d'une poignée de main. La poignée de main peut être tendue à la personne en question lorsqu'elle prend congé d'elle et juste un instant après avoir posé la question gênante. Certaines personnes peuvent cacher une telle vérité dans les mots, mais pas dans la poignée de main.

Indices trompeurs

Encore une fois, une paume en sueur ne peut pas suggérer cela chez une autre personne. Certaines personnes peuvent transpirer normalement tout le temps. J'ai un cousin qui transpire tout le temps et dont les paumes sont grasses pendant la majeure partie de la journée. Il se couvre même d'épaisses couvertures en laine polaire pendant la saison estivale et adore être trempé de sueur. Il convient de faire preuve de discernement parmi ces indices.

Une poignée de main ferme

Il s'agit d'une notion évidente que tout le monde connaît. Une poignée de main ferme signifie que la personne est très confiante et extravertie. Aujourd'hui, chacun veut faire croire qu'il possède ces qualités et donne une poignée de main ferme. Mais s'il est fait à l'insu de l'intéressé, il laisse entrevoir la véritable nature de la personne. Tout dépend de la manière dont vous pouvez extraire ces informations à l'insu de la personne.

Les femmes qui ont une poignée de main plus ferme n'ont pas non plus un comportement timide ou introverti.

De même, les personnes qui ont une poignée de main très ferme peuvent vouloir dominer et il convient de les surveiller pour s'assurer qu'une relation ou une conversation douce s'ensuit.

Conclusion

La poignée de main est la forme de signaux non verbaux la plus répandue dans la société occidentale. Bien qu'il existe de nombreux moyens documentés de savoir ce qui se passe dans l'esprit d'une personne ou de connaître ses intentions, beaucoup ignorent le plein potentiel d'une poignée de main pour découvrir la même chose. Une observation attentive des différentes façons de démêler et de ce qu'il faut rechercher peut faire des merveilles dans la façon dont les gens vivent et comprennent les autres autour d'eux.

Bien qu'il n'existe pas d'indices non verbaux permettant de comprendre pleinement l'état d'esprit d'une personne, de nombreux traits peuvent être révélés, qui sont utiles pour forger une relation ou jauger une intention, des craintes existantes, de la vivacité, de l'éducation ou de la force de caractère d'une personne.

Il y a encore d'autres signes corporels ou non verbaux à observer dans les chapitres suivants. Nous les examinerons en détail.

Références

www.calmclinic.com/anxiety/symptoms/cold-hands

www.today.com/health/chapped-winter-hands-it-dry-skin-or-something-else-t208822

www.apa.org/news/press/releases/2000/07/hand-shake

Renifler

La signification de renifler peut être comprise par quelqu'un qui a attrapé un rhume et qui a le nez qui coule à un moment ou à un autre de sa vie. Un reniflement est la réaction que vous produisez lorsque le nez fuit ou coule avec une substance aqueuse, c'est-à-dire du mucus ou de la morve. Vous essayez de le contenir dans le nez en le reniflant ou en respirant fort par les narines. Cette opération est effectuée chaque fois que le nez coule.

Maintenant que la signification de renifler est mise à nu, on peut comprendre un langage corporel important ou un indice non verbal qui montre ouvertement si une personne dit des mensonges, si elle est coupable ou si elle est en train de tricher.

La tricherie est omniprésente dans toute société, communauté ou localité. Elle ne connaît aucune barrière de race, de caste, de croyance, de religion, d'origine ou de quoi que ce soit d'autre. Tout le monde veut gagner de l'argent rapidement en contournant la loi naturelle qui veut que l'on gagne de l'argent en travaillant dur, la terre ayant été maudite à la création et ne pouvant donner des fruits et de la nourriture sans être labourée.

Ce type de vice se retrouve lorsque nous voyageons, faisons la navette, faisons des affaires, achetons quelque chose, faisons des courses, posons des questions et obtenons des réponses trompeuses, payons quelque chose et le vendeur exige un surplus, etc. Les chauffeurs de taxi peuvent nous tromper sur le prix de la course, les commerçants sur le prix, ou encore des personnes malveillantes désireuses de s'enrichir.

Il existe un moyen d'éviter tout cela et de rester en sécurité sans s'exposer à des pertes. Le signe à rechercher chez ces individus malveillants et maudits est un reniflement. Elle trahit l'intention de la personne en question et un bon observateur peut rester en sécurité.

Dès qu'une personne ment ou triche, son langage corporel se met à flotter. J'ai eu l'occasion de découvrir cette grande vérité à de nombreuses reprises au cours de ma vie. Je vais les partager un par un.

Instance 1

Il y a quelques années, ma mère m'a demandé d'acheter des légumes-feuilles pour le dîner alors que je faisais ma promenade du soir. Alors que je cherchais un marchand ambulant qui vendait ces épinards au bord de la route, j'ai trouvé une personne dans le crépuscule.

Il s'agissait d'un jeune homme à la fin de l'adolescence. De nombreuses personnes lui achetaient des légumes à feuilles - épinards, aneth, feuilles de fenugrec, etc. Cet homme a vendu à une dame d'âge moyen une botte d'épinards ou de pissenlits - je suppose - et essayait de gagner rapidement de l'argent en me la vendant à un prix plus élevé.

Le prix de ce produit - à l'époque - était normalement de ₹10 pour une botte de taille normale. Et ce n'était que de la spéculation, car certains jours, le prix peut augmenter de ₹5 ou ₹10 environ, au-dessus de la normale.

Lorsque je lui ai demandé le prix directement, il m'a indiqué ₹15. Cela représentait plus de ₹5 du prix normal d'une botte d'épinards mentionnée plus haut. Aussi, lorsque je lui ai demandé le prix, la personne a reniflé quelques instants plus tard. C'est ce qu'il a fait, même s'il ne souffrait pas d'un rhume ou d'un nez qui coule.

Le reniflement d'un individu en bonne santé comme lui, qui ne souffre pas d'un rhume ou d'une réaction allergique, est une indication claire que le marchand ambulant était coupable et me trompait avec un prix exagéré bien au-dessus de la normale pour une botte d'épinards dans la région.

J'ai renoncé à lui acheter le paquet et j'ai demandé sévèrement le prix normal de ₹10. Il n'a pas bougé et, comme c'est la coutume dans notre région de quitter les lieux et que les vendeurs nous rappellent pour le prix demandé, je suis parti. Il m'a rappelé et je l'ai acheté au prix normal - deux bonnes bottes d'épinards frais. J'ai terminé ma journée en me promenant au milieu de la nature et je suis rentré chez moi.

Instance 2

Nous avons construit notre maison il y a une dizaine d'années. Les travaux de finition étaient en cours. Nous avions besoin d'une plaque de granit pour le comptoir de la cuisine. Mon frère et moi nous sommes mis à la recherche d'un très bon fournisseur de dalles de granit dans notre localité. Le magasin qui m'est venu instantanément à l'esprit était celui d'un marchand qui se trouvait à proximité et qui possédait un grand nombre de variétés de granit et un vaste espace où il les empilait.

Nous y sommes allés, avons choisi une bonne plaque de granit et avons fait la queue pour l'acheter afin de l'utiliser dans la construction de notre nouvelle maison. Une personne était venue acheter une autre variété de dalle et faisait la maligne. J'ai remarqué qu'il avait été trompé à son insu et j'ai poursuivi ma routine de la journée.

Notre tour est venu. Mon frère et moi avons dû marchander comme l'autre personne qui est partie avant nous pour la dalle de granit que nous étions sur le point d'acheter. L'homme au comptoir était très bien habillé et avait, je crois, deux sachets de pan masala dans la bouche. Il crachait de la salive cramoisie de sa bouche.

La personne était armée d'une calculatrice et s'apprêtait à nous donner un prix pour la pierre de granit que nous avions décidé d'acheter. Il a fait des calculs avec le pourcentage que cela lui coûterait et d'autres équations de profit et de perte. Plus tard, il a indiqué un prix, mais nous ne savions pas quel était le bon prix pour le granit dans cette région à l'époque.

Il renifle et se touche le nez à plusieurs reprises tout en indiquant le prix de la dalle. Je pouvais clairement voir qu'il trichait et que sa culpabilité se manifestait dans cet indice non verbal. Inutile de dire que j'ai révélé à mon frère que la personne exagérait le prix.

Mon frère a répondu que nous ne pouvions rien faire et que la personne profitait de la situation. En effet, il s'agissait de la seule personne dans notre région qui possédait de telles pierres et l'achat de celles-ci dans d'autres endroits - qui sont assez éloignés - pourrait entraîner des frais de transport. En effet, la dalle est très lourde.

Nous sommes donc rentrés chez nous en nous contentant du prix et du vendeur. Notre travail était terminé.

Instance 3

Cet incident s'est produit au début de mon adolescence. J'avais abandonné l'école d'ingénieurs depuis un certain temps - cela n'a plus d'importance aujourd'hui car mon parcours professionnel a changé - et j'étais sous pression à la maison pour chercher un emploi et gagner un salaire décent. Cependant, je n'étais pas prête pour ce genre de "gagne-pain", car le type d'emploi proposé me rebutait personnellement.

La raison en est peut-être que je ne suis pas passionné par les emplois de bureau tels que caissier ou caissière ou cadre de terrain dans une compagnie d'assurance ou même opérateur de saisie de données. Une autre raison pourrait être que j'ai dû trouver un emploi qui exige des compétences que je possède ; l'échelle salariale n'a jamais été un sujet de discorde pour moi.

En fait, j'ai préparé un certain nombre de curriculum vitae et j'ai passé presque fréquemment des entretiens avec différents employeurs potentiels. Ces soirées se déroulaient en tenue de soirée - comme c'est la norme - avec mes cousins récemment diplômés qui vivaient en ville et cherchaient à mener un bon train de vie en décrochant un emploi dans une multinationale.

Il y a eu un incident de ce genre : mon père avait opté pour une police d'assurance-vie dans un groupe d'assurance agréable. L'agent d'assurance de cette entreprise privée - qui était une multinationale - s'était suffisamment rapproché de lui pour demander à ses patrons de me proposer un emploi.

Il s'agissait d'un télé-appelant qui appelait sans cesse différents numéros de téléphone pour les faire assurer dans l'entreprise. Il y avait juste un téléphone sur le bureau et on m'a proposé ce travail de démarchage téléphonique. On attendait beaucoup de moi, car j'étais un étudiant en ingénierie et je convenais parfaitement au poste ; le directeur a été impressionné.

Bien qu'ils offraient une bonne rémunération et des avantages, je n'ai pas été impressionné pour les nombreuses raisons énumérées ci-dessus.

Avant que je ne me rende dans ce bureau, ils m'avaient appelé par téléphone pour fixer un entretien. Comme je l'ai dit, l'idée d'y travailler ne m'effleurait pas. J'avais éteint mon smartphone pour éviter cette histoire d'entretien. J'espérais échapper à cette situation tout en évitant les discussions désagréables sur la carrière ou les confrontations avec les personnes que je connaissais qui me posaient des questions du type "que veux-tu faire dans la vie ?

Je ne pensais pas que l'idée d'éteindre mon smartphone provoquerait des turbulences au bureau et chez l'agent d'assurance dont mon père est proche.

Lorsque j'ai visité les bureaux de cette multinationale, il y avait une bonne dose d'activité sur le lieu de travail, partout autour. Et je suis passé à côté de cet agent d'assurance qui voulait faire une "bonne action" dans ma vie en me donnant une opportunité d'emploi.

Alors que je me déplaçais dans le bureau, cette personne reniflait et se touchait le nez à plusieurs reprises. Je n'ai pas compris pourquoi il le faisait. Mais je l'ai gardé à l'esprit pendant de nombreuses années - l'image de lui en train de le faire.

Plus tard, j'ai découvert qu'il avait piégé mon père en lui vendant une police d'assurance très chère et peu avantageuse à long terme. Mon père n'a pas l'habitude de lire les longs termes et conditions énoncés dans ces documents. Il a cru que l'agent lui avait dit que c'était une bonne politique pour lui.

Mon père a dû maintenir cette police d'assurance-vie pendant très longtemps en payant d'énormes primes et le contrat a pris fin de nombreuses années plus tard.

Ce fiasco m'a fait prendre conscience de beaucoup de choses : l'une d'entre elles était le reniflement et le fait que cet agent d'assurance se touchait le nez. Il est clair qu'il est coupable et l'indice non verbal du reniflement avec le toucher du nez le révèle. Un bon observateur peut s'en rendre compte.

Instance 4

Il arrive souvent que des personnes proches de moi, comme des cousins, reniflent en partageant certaines rumeurs sur d'autres membres de leur famille. Je les prends alors en flagrant délit de mensonges ou de rumeurs.

Indices trompeurs

S'il est vrai que lorsqu'une personne renifle, c'est qu'elle ment, qu'elle est coupable ou qu'elle triche, il n'en reste pas moins vrai qu'elle ne renifle pas à chaque fois qu'elle le fait. Il y a eu de nombreux cas dans ma vie où personne n'a reniflé ou ne s'est touché le nez alors qu'ils étaient en train de faire quelque chose d'aussi malveillant.

On peut compléter cet indice non verbal en posant de nombreuses autres questions pour savoir si les gens mentent. Pour être précis, si quelqu'un vous dit qu'une personne connue a terminé son doctorat, d'autres questions peuvent lui être posées.

Des questions telles que "Quelle est l'université où il a obtenu son diplôme ?" ou "Qui était son professeur ?". Lorsque de telles questions sont posées, la personne n'a pas de réponse en réserve et peut tâtonner ou donner des réponses absurdes.

La comparaison de ces réponses ailleurs avec le proche confident de la personne révèle le vrai visage de celui qui a dit cela. Si ces réponses ne correspondent pas à celles de l'ancienne personne, la question principale était un mensonge. Pour y parvenir, il convient de poser de nombreuses questions et de collecter les réponses.

Il y a aussi des gens qui se touchent le nez et qui reniflent tout le temps. Cela ne signifie pas qu'ils mentent, qu'ils trichent ou qu'ils sont coupables. Cela signifie simplement qu'il s'agit d'une habitude et que d'autres méthodes peuvent être essayées avec eux, comme la première. Ces personnes sont nombreuses.

L'un de mes voisins immédiats est responsable d'une activité ou d'un atelier dans l'Église. Lors d'une des réunions pour discuter d'une activité de nettoyage et de décoration de l'église, il s'adresse à tous les intronisés pour leur présenter les tâches que chacun d'entre eux doit entreprendre.

Il avait l'habitude de renifler et de se toucher le nez tout le temps, même si rien ne laissait supposer qu'il était coupable, qu'il trichait ou qu'il mentait. C'est son habitude lorsqu'il s'adresse aux gens ou lorsqu'il parle en public. Encore une fois, à ne pas confondre avec les reniflements révélateurs d'intentions dont nous parlons ici.

Par ailleurs, les personnes légèrement enrhumées et ayant le nez qui coule ne doivent pas être confondues avec les coupables de ces vices. Ces personnes sont nombreuses et l'on peut facilement les confondre. Il devrait y avoir une certaine discrétion.

Conclusion

L'art d'identifier ces personnes malveillantes par le reniflement peut nous être très utile dans nos activités quotidiennes. Le plus important, c'est que l'on peut prendre des décisions judicieuses en recourant à un service pour savoir s'il est bénéfique ou s'il nuit à notre porte-monnaie. Les activités quotidiennes mentionnées dans le présent document, telles que les achats, les investissements ponctuels comme la construction d'une maison, l'utilisation de services tels que la menuiserie pour la construction de meubles ou les services de décoration intérieure, ne peuvent pas devenir une charge ou un fardeau trop lourd pour les poches par le biais de cet indice non verbal.

Tout bon observateur peut rester en sécurité et se tenir à l'écart des personnes mal intentionnées tout en décidant d'accepter ou non les services de la personne en question. Personne ne peut tromper un sage. Il suffit de s'appuyer sur ces connaissances de base pour que les possibilités soient illimitées. D'autres informations sont à venir dans les pages qui suivent.

Jouer avec les pieds

Il existe encore un autre indice non verbal qui permet de discerner la disposition mentale d'une personne et de savoir si elle se justifie ou non. Cette justification peut également être le signe qu'il s'est battu avec quelqu'un quelques instants auparavant. Des moments dans le sens de quelques secondes.

Le signe à surveiller est que la personne joue avec ses pieds comme pour dessiner quelque chose sur le sol. Il ne s'agit pas nécessairement de dessiner, mais de jouer avec la boue ou les pierres pendant qu'il est debout après la dispute ou la querelle.

En outre, ce signal non verbal de la personne ne peut pas être donné uniquement sur le sol boueux, mais n'importe où sur le sol où elle se tient. Mais l'action doit être comme s'il jouait avec la boue ou déplaçait des pierres et du gravier avec ses pieds.

En outre, cet indice peut également signifier que la personne qui le manifeste a changé d'avis ou s'est repentie de l'opinion qu'elle avait avant que la vérité ne se dévoile devant ses yeux. Cette idée l'intimide et il veut changer sa position sur le sujet.

Il y a eu quelques cas dans ma vie où j'ai observé ce signe non verbal chez les gens.

Instance 1

Je travaillais dans une startup en tant que rédacteur de contenu. Il s'agissait d'une société de conseil, puis j'ai été muté dans une société sœur spécialisée dans les logiciels. Une personne qui travaillait avec moi assistait l'entreprise dans le département de la comptabilité.

C'est un homme d'âge moyen, assez expérimenté dans la profession et qui gagne bien sa vie. Quelques jours ont passé et la vie de sa famille élargie a été bouleversée. Sa sœur s'est heurtée de plein fouet à un problème qui le taraudait sans cesse. Je l'ai vu dans son comportement au bureau.

Comme cela affectait gravement sa vie professionnelle, il a pris l'habitude de boire de l'alcool pour y remédier. Peu à peu, la consommation d'alcool a augmenté et son haleine en était imprégnée. Il avait l'habitude de venir au bureau en état d'ébriété.

De plus, il n'était pas ponctuel et passait au bureau en milieu de journée. Mon employeur s'en est rendu compte et l'a interrogé sur la spirale descendante de l'éthique du travail. À notre grande surprise et à celle de ses collègues, il a révélé à son patron qu'il buvait depuis quelque temps et qu'il y avait un problème dans sa famille élargie. Il était simple.

Le patron l'a convoqué dans la salle du conseil d'administration et une confrontation s'en est suivie. Il a parlé fort pendant quelques minutes et l'a renvoyé chez lui. Mes collègues et moi-même ne pouvions pas entendre la conversation.

Après la confrontation, mon patron est retourné dans la zone de travail et nous avons pu le voir debout. Il jouait avec ses pieds, comme je l'ai dit plus haut. Il va sans dire qu'il se justifiait sur la décision qu'il avait prise de licencier le comptable principal. C'était juste après la confrontation et l'échange de coups de feu.

Cet acte de justification est compris comme le fait d'avoir un emploi est très utile et précieux pour tout le monde. Une famille et ses dépenses en dépendent. Il est cher à tout le monde. Le patron s'est donc justifié pendant quelques minutes avec cet indice non verbal et il a quitté la maison au bout d'un certain temps.

Instance 2

Il y a quelques années, un reportage a été diffusé sur une chaîne de télévision. Il s'agissait d'une personnalité de la télévision qui avait été impliquée dans un accident de voiture mettant en danger sa vie et celle d'une autre personnalité célèbre. Ils diffusaient des vidéos et des images de cette personnalité de la télévision quelques instants après l'accident très médiatisé qui n'a pas fait de victimes mais qui a gravement endommagé les véhicules.

Alors qu'ils diffusaient ces vidéos montrant l'homme et sa femme meurtris, la responsabilité de l'accident a été entièrement rejetée sur le conducteur de la personne. Il a également été souligné que la personnalité ne conduisait pas la voiture dans laquelle l'accident s'est produit, mais que c'était le chauffeur qui la conduisait.

Les images du chauffeur ont été diffusées trop continuellement. Mais j'ai pu constater que la personnalité de la télévision racontait des mensonges et qu'il était lui-même impliqué dans l'accident et qu'il conduisait la voiture. J'étais même persuadé que cette personne rejetait la responsabilité sur le conducteur avec force et de manière flagrante.

La raison de cette affirmation est que le conducteur a montré un signe non verbal en jouant avec ses pieds sur tous les visuels affichés sur l'écran de télévision. Il regardait vers le bas, les bras noués dans le dos, et jouait continuellement avec ses pieds, comme s'il cherchait ou dessinait quelque chose dans le gravier, la terre ou le sol.

Bien que cette personne ait été contrainte d'admettre qu'elle se trouvait sur les roues de la voiture au moment de l'accident, elle n'a opposé aucune résistance. Il l'a admis de son plein gré.

Le scénario qui s'est déroulé en coulisses est le suivant : le conducteur a fait l'objet d'une forte attaque verbale unilatérale et a été intimidé, n'ayant pas la possibilité de dire le contraire. Il a pu être contraint de croire que son emploi était menacé ou qu'il l'était.

Pendant l'exposition des signaux non verbaux, il n'a cessé de se justifier sur les possibilités ou les permutations et combinaisons de ce qu'il aurait pu faire pour éviter de s'attirer les foudres de cette personnalité télévisuelle en colère. Et aussi, comment il aurait pu se sortir de cette situation d'une meilleure façon que celle qui s'est déroulée.

Le mensonge flagrant de la personnalité de la télévision concernant la véracité de l'affirmation de la personne qui se trouvait sur les roues de la voiture lors de l'accident a été démasqué par cet indice non verbal. Un outil très pratique, en effet ! J'ai appris à connaître l'esprit de cette personnalité de la télévision et le genre de situation dans laquelle il place ses employés. Tout son état d'esprit dans cette situation a été mis à nu devant moi.

En effet, les riches font la loi dans notre société.

Instance 3

Récemment, un incident s'est produit qui donne du poids à cet indice qui se développe visuellement. Je regardais la télévision passivement - comme je le fais toujours et pas activement - et il y avait un reportage sur un pays qui avait réalisé un exploit rare et immense dans le domaine de l'astronomie.

Le dirigeant du pays s'adressait à une assemblée de délégués et, alors qu'il annonçait en direct sur l'écran l'exploit réalisé, un membre ou un délégué a manifesté ce signe non verbal.

Il l'a fait parce qu'il pensait que le pays qui avait réalisé cet exploit n'était pas assez développé technologiquement pour le faire. Mais devant l'événement qui se déroule sous ses yeux, il change de position.

Bien que cette personne n'ait pas été assise avec le bas du torse suffisamment visible pour juger de cet indice non verbal, j'ai tout de même réussi à percevoir qu'elle le manifestait. Et le moins que l'on puisse dire, c'est que l'exploit réalisé par ce pays méritait d'être rappelé.

Indice trompeur

De nombreuses personnes jouent avec leurs pieds de cette manière pendant les moments de loisir, lorsqu'elles sont en liberté avec leurs amis. Il ne faut pas confondre cela avec l'indice non verbal original qui permet de savoir si une personne s'est débarrassée d'un différend.

Conclusion

L'émotion qui se cache derrière cet indice non verbal de jeu avec les pieds est pure et son potentiel brut ne peut qu'être imaginé. Imaginez qu'une personne manifeste ce signe non verbal et que vous deviez discuter avec elle d'une perspective d'affaires. Son esprit n'est pas calme et peut être errant. Et ce n'est pas le moment de parler de bon sens avec lui, comme dans des discussions pacifiques sur la philosophie.

Il convient toutefois de noter que la dispute peut parfois être très grave et que la gravité ne peut pas être mesurée à l'aide de cet indice non verbal. Il faut laisser les pensées justificatives s'installer avec le temps.

Comme indiqué dans l'instance 1, mon employeur est rentré chez lui pour laisser au temps le soin de guérir ses émotions nées de ce fiasco avec le comptable. Le temps guérit presque tout.

La touche perfectionniste

Cet indice non verbal révèle que la personne qui agit de la sorte manque superficiellement de confiance en elle et qu'elle est persécutée pour ses compétences, alors qu'il est tout à fait logique qu'elle soit très compétente, ce qui n'est pas le moins du monde. Il s'agit également d'une fausse insécurité. Une image plus claire peut apparaître dans les cas suivants. Mais d'abord, en savoir plus sur l'action dans l'indice non verbal.

La touche perfectionniste, ici, c'est lorsqu'une personne touche les objets disponibles sur son bureau, son vanity bag ou à proximité, comme pour les ranger dans un ordre, une structure ou un empilement. Ces objets peuvent être des journaux, des dossiers, des documents, des magazines sous le presse-papier. Parfois, il s'agit simplement d'une tape ou d'un coup sur le vanity bag ou autre chose.

Dans ma vie, j'ai observé à de nombreuses reprises cet indice non verbal chez des personnes ordinaires.

Instance 1

J'ai l'habitude d'assister à la messe quotidienne dans notre église paroissiale locale. L'un des jours, j'ai fait la même chose. Un prêtre d'un collège voisin, dirigé par des prêtres d'une congrégation particulière, était venu en visite. Le collège se trouve à quelques kilomètres de là.

Lorsque le prêtre a commencé à célébrer la messe, il en est arrivé au stade du sermon, au milieu de la célébration. Il a parlé de l'importance de l'éducation et de son parcours qui l'a conduit à devenir un prêtre avec une vocation.

Le prêtre était connu de mon frère qui avait entendu plusieurs de ses conférences pendant ses études. Il était connu pour avoir reçu de nombreux prix de la part de son alma mater et de son université. Quelques médailles d'or lui ont été décernées par ces institutions.

Au cours de son sermon sur l'importance de l'éducation, il a révélé les médailles d'or qu'il avait remportées dans différentes matières. Les titres d'État qu'il a remportés sont quelques-uns d'entre eux et il les a énoncés avec beaucoup de modestie.

Je l'ai observé tout le temps lorsqu'il a parlé avec passion des médailles qu'il avait gagnées. Il est intéressant de noter qu'il a montré le signe non verbal du toucher perfectionniste et qu'il a touché deux ou trois fois les quelques feuilles de papier - qui contenaient peut-être les points importants du sermon afin qu'il puisse les développer - placées devant lui.

La leçon à en tirer est que, comme nous l'avons dit au début du chapitre, le prêtre était très compétent dans le domaine académique dont il parlait. Ayant reçu de nombreux prix de la part de son alma mater, l'indice non verbal suggère la même chose à son sujet. Il peut évaluer les capacités de n'importe qui.

Instance 2

Il y a quelques années, je travaillais dans une société de conseil et nous n'étions que cinq ou six employés dans la succursale de notre ville. Une employée travaillait avec nous. Elle devait avoir une quarantaine d'années. La femme était issue d'une famille aisée et son mari était connu pour ses contacts importants.

La plupart des employés étant des parents et des amis des fondateurs et des directeurs, nous avons tous discuté de manière décontractée. La discussion portait sur les emplois bien rémunérés que certaines personnes avaient décrochés. Les directeurs étant plutôt aisés, à mi-parcours de la discussion, elle a parlé du mode de vie dans sa maison.

Ce faisant, elle donne une touche perfectionniste à son vanity bag posé sur le bureau. Elle a préparé son sac car il est temps pour elle de partir après une demi-journée de travail. Ce geste m'a permis de constater qu'elle était effectivement aisée et qu'une grande partie du mode de vie aisé de sa famille était évidente dans son badinage quotidien avec nous sur le lieu de travail.

Conclusion

Cet indice non verbal est un test décisif et est très véridique quant aux choses qu'il révèle. Je pense qu'il est plus véridique que le sérum de vérité ou le test du détecteur de mensonges. Il a de nombreuses applications dans lesquelles la vérité est révélée et permet de savoir si les gens sont ce qu'ils disent. Et s'ils sont ce qu'ils disent - s'ils montrent cet indice non verbal de la touche perfectionniste - ils sont très bons dans ce domaine.

Cet indice non verbal peut notamment signifier que la personne en question n'est pas à prendre à la légère, qu'elle est la dernière personne avec laquelle il faut se disputer.

La recherche de l'horizon

Comme son nom l'indique, cet indice non verbal se manifeste chez une personne comme si elle cherchait quelque chose à proximité. Il peut s'agir de rechercher quelque chose sur l'écran du lieu de travail ou par la fenêtre voisine ou dans le magasin. Pour une personne qui remarque cet indice non verbal, la recherche semble inutile car il n'y a rien de remarquable ou de logique à trouver.

De plus, cette recherche futile avec tout le corps impliqué - parfois debout ou à d'autres moments en position assise - quel que soit l'endroit où la personne est assise - peut également sembler une routine de travail normale, comme regarder le smartphone pour les notifications récentes ou même regarder l'horloge murale pour savoir quelle heure il est.

Ce signe non verbal se manifeste essentiellement lorsqu'une personne est blessée par une raillerie, une question ou toute autre chose qui lui est posée au cours d'une conversation. Cette blessure n'est peut-être pas très douloureuse mais superficielle. Elle peut s'appliquer à la négociation du juste prix de la marchandise ou de l'article que vous êtes sur le point d'acheter, comme vous pouvez le constater dans les cas réels de ma vie où j'en ai été témoin. Ici, ils suivent un par un.

Instance 1

J'étais chez moi pendant un après-midi et je ne faisais rien qui vaille la peine d'être raconté, je passais le temps. C'était à l'époque où je cherchais un emploi. Tout à coup, un membre de notre famille est apparu, qui vivait à quelques kilomètres de notre maison en ville et qui nous rendait très rarement visite. Elle était très proche de ma mère depuis son plus jeune âge et partageait avec elle une prétendue bonne entente.

En dame rusée et astucieuse qu'elle est, elle m'a lancé une raillerie en entrant, et elle était dirigée contre moi. Elle est toujours connue pour être l'une des principales commères de notre village, se réunissant avec les autres membres connus de son groupe pour discuter des affaires en cours dans tout le quartier et la ville.

Pour en venir au fait, la raillerie qui m'était adressée concernait le fait que je ne trouvais pas d'emploi dans la ville alors que j'étais à l'âge de la recherche d'emploi. Cet âge n'est qu'un chiffre et alimente les rumeurs de voisinage.

Inutile de dire que ces ragots étaient très intéressants et très répandus à l'époque et qu'elle devait en faire part à ses collègues qui lui posaient des questions à ce sujet. En pratique, il n'y a pas d'âge ou de condition physique pour décrocher un emploi de haut niveau ou respecté, où que ce soit. Croyez-moi.

Au moment où la dame a fait passer la raillerie comme votre fils ne fait rien du tout à ma mère, j'ai manifesté ce signe non verbal. La façon dont je l'ai exposée m'a marqué pendant longtemps, jusqu'à ce que je la comprenne en profondeur.

Je lui ai simplement répondu que je cherchais un emploi convenable pour moi et, me levant de la chaise sur laquelle j'étais assis, j'ai regardé à l'extérieur de notre porte principale, comme si je cherchais quelqu'un. Tout mon corps était impliqué dans ce signal non verbal et j'ai été blessée par la raillerie de cette dame rusée.

Ma mère l'a nourrie de ragots intéressants qui n'étaient que des mensonges et l'a renvoyée pour qu'elle sache plus tard qui sont les personnes à qui ces nouvelles parviennent. C'était une époque intéressante. Comme je pourrais le dire, "le processus est pénible, mais la pensée est belle". Ces journées sont restées gravées dans ma mémoire.

Instance 2

Il me vient à l'esprit un autre cas où cet indice non verbal s'est manifesté sous mes yeux. Un jour, j'ai rendu visite à un membre de ma famille pour lui poser une question sur un bogue dans le logiciel de l'ordinateur portable que j'avais récemment acheté, car cette personne était ingénieur en informatique et connaissait bien les ordinateurs.

Moi, mon cousin qui m'a emmené là-bas et l'ingénieur logiciel parlions de différents sujets. La conversation a ensuite pris une autre tournure et s'est orientée vers les problèmes liés à l'emploi ou au lieu de travail dans le bureau de la personne concernée. C'est toujours le cas, car mon cousin a l'habitude de parler de questions liées au travail avec toutes les personnes qu'il rencontre.

Au moment où ma cousine a interrogé l'ingénieur sur son profil au travail et sur l'ambiance qui y régnait, il a manifesté ce signe non verbal. La manière dont il l'a fait est intéressante : il travaillait sur l'ordinateur de son bureau à la maison et, tout en parlant, il a regardé l'écran en plissant les yeux comme s'il avait cherché quelque chose. Puis il est revenu à la normale.

En fait, il n'y avait rien d'intéressant à regarder sur le moniteur, mais il l'a fait. De plus, cela implique simplement qu'il y a deux choses à noter. D'une part, il était visiblement blessé et, d'autre part, il n'était employé par aucune entreprise pour le moment.

J'ai compris qu'il était au chômage. Le fait que tous les membres de sa famille proche mentaient constamment sur le fait qu'il avait trouvé un emploi et qu'il réussissait dans sa profession m'a été très révélateur. En effet, rien ne peut être caché à un bon observateur.

Instance 3

Cet exemple est très intéressant car il permet de connaître les moyens de négocier efficacement un produit que l'on souhaite acheter dans un magasin.

J'avais l'habitude de me déplacer avec mon frère et ma belle-sœur dans notre voiture pendant qu'ils faisaient leurs courses ou un long trajet le week-end ou d'autres activités de loisir. Un jour, nous avions envie d'acheter des raquettes de badminton et nous nous sommes rendus dans un centre commercial très fréquenté de notre ville.

Ce centre commercial était rempli de nombreux magasins de sport. Nous nous sommes arrêtés sur un bon magasin et nous avons regardé les raquettes qui s'y trouvaient. Mon frère avait des vues sur une bonne raquette professionnelle car il était lui-même un joueur de badminton de niveau national.

Alors, comme ma belle-sœur sait négocier un prix qui nous convient, elle a commencé à le faire avec le propriétaire du magasin. Elle demande un prix et le commerçant lui répond que ce n'est pas le bon prix pour vendre sa marchandise.

Elle a donc baissé le prix qu'elle demandait et la personne n'était pas satisfaite de ce prix non plus. Comme elle est douée pour ce genre de choses, ma belle-sœur a calculé le prix de revient de la raquette de badminton sur un site de vente en ligne réputé et s'en est tenue à ce prix.

Ce prix est assez lourd pour un propriétaire de magasin en dur, car le modèle de distribution et d'autres aspects des magasins en ligne sont différents. Ils ne peuvent donc pas maintenir le prix qu'ils proposent. C'est donc ce prix qui nous a servi de référence.

Lorsque nous nous sommes rapprochés de ce prix pour le troisième prix demandé, le commerçant a montré ce signe non verbal. Il a commencé à regarder une raquette près de lui en rétrécissant les yeux comme s'il avait cherché et trouvé quelque chose dessus.

Il était visiblement blessé à l'idée de ne pas obtenir le juste prix auquel il avait acheté la raquette auprès de son distributeur. C'est à ce prix que le bénéfice du commerçant est quasiment nul et cette marge le préoccupe.

Quoi qu'il en soit, nous avons acheté la raquette à ce prix et avons quitté l'endroit ; le prix était tout à fait convenable et valait notre argent durement gagné.

Indices trompeurs

Il ne faut pas se laisser induire en erreur par des comportements et des gestes qui s'apparentent à cet indice non verbal. Il se peut que les gens regardent simplement leur smartphone et ne manifestent pas nécessairement cet indice. Ils peuvent le faire pour chercher des notifications, des messages ou l'heure, ou encore pour chercher des cartes de score de sportifs ou d'autres choses, car il s'agit d'un comportement répétitif. On peut facilement être induit en erreur.

Conclusion

Comme indiqué précédemment, cet indice non verbal est très utile lors de la négociation d'articles vendus sur le marché. Mais la limite de cet indice est que la personne doit être visible et, de préférence, présente devant nos yeux pour que nous puissions évaluer son état d'esprit à travers cet indice.

Un facteur à surveiller dans ce signe non verbal est que la personne rétrécit considérablement ses yeux et a l'air tendu lorsqu'elle le montre. Cela est évident car il est blessé dans son cœur. Si ce facteur est coché, la recherche d'horizon est certainement à l'œuvre dans le geste de la personne et le prix à payer pour négocier efficacement avec le vendeur peut être fixé. Elle ne ment jamais car elle vient du cœur.

Indice d'exposition à la colère

Ce signe se manifeste lorsqu'une personne est en colère, voire très en colère, et qu'elle est agitée. Ce signe non verbal est défini par le fait que la personne tremble ou déplace ses pieds horizontalement lorsqu'elle est en position assise. Il peut le faire par périodes et par intervalles ou de manière continue. Pendant que la personne pense à ce qui l'a offensée, elle continue à faire l'action ou le signe non verbal.

Avantages

Lorsqu'une personne manifeste ce signe non verbal, il est judicieux de la laisser se calmer de sa colère. En d'autres termes, il faut attendre que cette personne cesse complètement de secouer ses jambes de cette manière - et non par intervalles ou par périodes - pour lui demander une faveur ou apprendre quelque chose de lui. Comme on peut s'en douter, il ne vous aidera pas tant que sa colère n'aura pas cessé.

Instance

J'ai assisté à l'un de ces incidents et j'ai noté ce signe non verbal chez les cadres supérieurs qui travaillaient avec moi dans mon bureau. Comme il s'agissait d'une startup, les cadres supérieurs travaillaient avec nous au même étage et sans cabine.

La personne a été offensée par moi pour une chose stupide parce qu'elle s'énerve facilement. Il secouait vigoureusement ses jambes et j'ai compris que cette action de ma part l'avait touché au plus profond de son cœur. La raison de sa colère était qu'il voulait que je l'aide à formater une lettre personnelle ; j'ai refusé et j'ai fait la grimace sans savoir qu'il me regardait droit dans les yeux.

Sa colère s'est lentement apaisée, comme je l'ai vu dans ce signe non verbal où le fait de secouer vigoureusement la jambe s'est lentement atténué par intervalles et, plus tard, s'est complètement arrêté. Je l'ai alors contacté pour lui demander de l'aide. Nous lui avons demandé de l'aide pour tout, car c'était un consultant avec plus de cinq à six décennies d'expérience dans la gestion et l'exécution de différents projets - un fonctionnaire de niveau PDG.

Indices trompeurs

Bien que cet indice puisse s'avérer être un coup d'œil furtif dans l'esprit d'une personne, qu'elle soit en colère ou non, il peut être assez déroutant. En effet, de nombreuses personnes ont l'habitude d'agiter leurs jambes de cette manière - horizontalement - lorsqu'elles sont oisives ou qu'elles ont du temps libre. C'est comme un passe-temps pour eux.

Pour éviter cette confusion, il faut être suffisamment habile ou expérimenté pour faire la distinction entre ces deux situations. L'un de ces moyens de distinction est la vitesse ou la vigueur avec laquelle cette secousse est effectuée. S'il y a trop de vigueur, cela signifie certainement que la personne est très en colère contre la récente déclaration de quelqu'un. Mieux vaut lui permettre de se calmer.

Conclusion

Cet indice est une véritable révélation dans l'esprit d'une personne. Mais il arrive que les jambes d'une personne soient hors du champ de vision. La meilleure façon d'éviter cela est de disposer d'un mobilier où ces éléments sont facilement visibles. L'expérience doit être tirée des visites chez un psychologue ou un professionnel de la santé spécialisé dans ce domaine.

Même si cet indice non verbal est caché à l'observateur, une personne expérimentée peut distinguer si l'émotion de colère est impliquée ou non. La raison en est qu'il y a aussi des tremblements dans la partie supérieure du torse. C'est tout à fait compréhensible.

Indice d'exposition à la peur

Cet indice est une autre forme de celui dont il a été question récemment. Lors de la manifestation de ce signe, les personnes secouent leurs jambes de haut en bas ou verticalement. La personne qui fait l'objet de cet indice craint qu'il ne lui arrive quelque chose d'intimidant ou de tout à fait hors de ses limites.

Parfois, l'observateur peut découvrir la vérité sur ce que la personne craint au cours même de la conversation. Dans le cas contraire, la vérité peut être cachée à la personne qui remarque cet indice non verbal chez le sujet.

Il y a eu de nombreux cas dans ma vie où j'ai eu un aperçu profond du caractère d'une personne grâce à cet indice non verbal. Certaines d'entre elles sont présentées ci-dessous.

Instance 1

Une fois, j'ai été admis dans un hôpital. Étant hospitalisé, un professionnel de la santé m'a évalué au cours des premiers jours de mon séjour. Il a posé de nombreuses questions. Plus tard, au fil de ces questions, il en est venu directement à la cause des symptômes que je présentais ; il a carrément révélé son diagnostic, peut-être pour connaître l'indice ou la réaction non verbale que j'émettais.

Comme le diagnostic portait sur une maladie assez débilitante, j'ai montré ce signe non verbal. J'avais peur et le médecin a vu mes jambes à travers la table. Il m'a demandé si j'avais peur. Inutile d'enregistrer ma réponse, il s'est levé et est parti en révélant la situation à ses médecins principaux.

Instance 2

Il me vient à l'esprit un film dans lequel une personne ayant commis un attentat à la bombe dans une école est interrogée par un fonctionnaire d'une agence d'investigation. Le sujet était assis dans une salle d'interrogatoire équipée d'une table et d'une chaise, indispensables à l'enregistrement de ces signaux non verbaux. Il a ensuite été interrogé sur l'ensemble du processus et sur la manière dont il y est parvenu.

Au milieu de la conversation, l'agent a demandé au sujet s'il avait peur. C'est à ce moment que le bombardier secoue ses jambes assez vigoureusement de haut en bas, à la verticale. L'esprit de ce criminel est mis à nu devant lui.

Instance 3

Un jour, après quelques années de travail en tant que rédacteur de contenu, j'assistais à la messe dans mon église paroissiale. Il s'agissait de la même église et de la même paroisse que celles auxquelles appartenaient mes cousins et leur famille, mais j'ai déménagé dans une autre localité, et donc dans une autre église et une autre paroisse.

Mon cousin et sa famille assistaient également à la messe à l'église un dimanche. Mais, comme à son habitude, il assistait à la messe à l'extérieur, dans l'enceinte de l'église. La messe s'est terminée et, après l'hymne de récession, je suis sorti de l'église avec ma famille.

J'ai rencontré un de mes cousins et sa famille. Sans hésiter, je lui ai demandé s'il entendait la messe depuis l'extérieur de l'église. Il avait peur de ce qu'il devait répondre, ce qui est compréhensible, car j'avais une autorité morale et un certain statut social à l'époque.

Au moment où j'ai posé la question, il a montré ce signe non verbal. Il convient de noter qu'il était en position debout et que ses jambes tremblaient d'avant en arrière assez vigoureusement. Visiblement, comme l'a remarqué un observateur, c'est-à-dire moi, il craignait une baisse de sa sympathie au sein de la famille élargie de nos cousins.

Il m'a répondu vaguement, nous avons échangé une poignée de main et d'autres plaisanteries, et nous avons pris le chemin du retour.

Instance 4

Je me souviens également d'un incident qui m'a permis de me familiariser avec cet indice non verbal. Le soir, après une journée de travail, je rentrais chez moi en bus. Alors que je prenais place dans le bus, un autre voyageur s'est présenté. Il était en route, peut-être pour faire quelques courses.

J'ai pu remarquer que ses jambes tremblaient de haut en bas lorsqu'il était en position assise. Cela signifie que le navetteur avait peur en pensant à la manière de faire son trajet. Il est compréhensible qu'il ne sache pas comment trouver la bonne adresse, ni comment prendre le train qui va à cette adresse, ni comment il va arriver à destination.

Ces moments d'anxiété déclenchent chez lui ce signal non verbal de peur. Il secouait les jambes par intervalles et par périodes. Cela signifie qu'il pensait entre temps à ce joug d'anxiété qui pesait sur lui par intervalles et qu'il se reposait entre ces intervalles.

Conclusion

Cet indice non verbal est très utile pour déterminer l'état d'esprit d'une personne et on peut l'apaiser par des encouragements ou des mots gentils. Un autre aspect de cet indice est que si le sujet le présente en permanence à différents moments de la journée et à différents intervalles, il s'agit d'une personne qui s'inquiète beaucoup.

Ma mère fait cela régulièrement et s'inquiète beaucoup pour tout. Je soupçonne que ses inquiétudes concernent surtout ses enfants et leurs allées et venues quotidiennes, leur sécurité ou leur bien-être ; ses jambes sont toujours en mouvement.

Ce n'est pas un handicap car ces personnes sont très productives et efficaces dans tout ce qu'elles entreprennent. Encore un bel aperçu de l'esprit.

L'indice d'exposition intelligente

Cet indice non verbal suggère que la personne qui le manifeste pense qu'elle a fait un geste intelligent ou une déclaration brillante dans sa conversation. Pour entrer dans les détails, cette personne apparaît sur le visage comme mangeant quelque chose avec sa bouche, mais, en fait, ce n'est pas le cas. Il fait simplement l'action de manger quelque chose.

Je peux énumérer de nombreux incidents dans ma vie où ce signe non verbal s'est manifesté.

Instance 1

Notre famille vient de déménager d'une région éloignée pour s'installer en ville. Comme il s'agissait des premiers temps de la ville, nous ignorions beaucoup de choses sur le mode de vie ici ou sur la manière dont les gens vivaient. Un vendeur est arrivé dans la maison que nous avions louée et a commencé à nous parler pour nous vendre les produits qu'il transportait. En tant que famille, nous n'avons pas trouvé le moyen de rejeter poliment son argumentaire.

Nous nous sommes donc tournés vers mon frère cadet, qui avait l'habitude de la rue depuis son plus jeune âge et qui avait beaucoup voyagé pour participer aux championnats sportifs de son État et de son pays.

Après avoir répondu et traité avec le vendeur, mon frère a manifesté ce signe non verbal en faisant semblant de mâcher/manger quelque chose avec sa bouche, mais il n'y avait rien à mâcher/manger. Inutile de dire qu'il a pensé que c'était une décision intelligente et qu'il s'en est bien sorti.

Instance 2

Dans un autre cas, je me promenais le soir - comme c'était mon quotidien à l'époque - et je suis entré dans un magasin de légumes pour acheter des légumes parce que ma mère me l'avait demandé. Au moment où j'entrais dans le magasin, une personne venait de payer sa facture pour les légumes qu'elle avait achetés au comptoir et le vendeur manifestait cet indice non verbal.

Il pensait qu'il avait été intelligent en traitant avec ce client précédent et que mon tour était venu.

Indice trompeur

Il convient de noter que certaines personnes assez âgées se comportent de la même manière que si l'on leur donnait ce signal. Ils le font en raison de la perte de dents. Mais en réalité, ils ne montrent pas ce signe, car ils ont tendance à le faire et c'est naturel en raison de leur âge avancé. Et cette partie de leur comportement doit être négligée car elle ne correspond pas à l'idée que l'on se fait de l'intelligence.

Conclusion

Il m'a semblé que dans le deuxième cas, je ne devais pas lui poser de questions ineptes comme "comment s'est passée sa journée" ou "comment va la vie". En effet, j'aurais reçu une réponse du type "les jours sont toujours bons" ou "qu'est-ce qui peut arriver à la vie ?

Les personnes qui viennent de manifester ce signe non verbal se croient intelligentes et donnent des réponses assez grossières ou font preuve d'une certaine attitude en ignorant l'interlocuteur ou la personne qui converse avec eux. Il est préférable d'éviter de leur parler ou de leur poser des questions pendant un certain temps, jusqu'à ce qu'ils redeviennent eux-mêmes.

Il convient également de noter qu'ils se croient intelligents, ce qui n'est pas forcément vrai. Il y a beaucoup d'autres exemples à partager. Mais je pense que ces éléments sont suffisants pour apprendre.

Callosité - Indice d'exposition

Une personne qui présente cet indice agit ou parle de manière insensible. L'indice non verbal à surveiller pour cette émotion est lorsque, lors d'un appel vidéo sur smartphone, la personne montre ses dents comme pour vérifier l'aspect de ses dents ou s'assurer qu'il n'y a rien de coincé dans ses dents. De plus, il peut sembler que, lors de l'appel vidéo, le sujet vérifie ou pince ses boutons ou fasse des grimaces. Tout cela dépend de la personne.

Depuis quelques années, je me demandais toujours ce que signifiait cet indice non verbal, car je me voyais moi aussi faire ce genre de geste lorsque je parlais avec quelqu'un au téléphone. C'est justement en écrivant ce livre que j'ai reçu l'inspiration à ce sujet, comme dans le premier exemple qui suit concernant mon frère.

En voici une brève description.

Instance

En tant que famille, nous avons un groupe de messagerie instantanée et mon frère, qui vit à l'étranger, appelle souvent le groupe et nous parlons beaucoup. Lors de l'un de ces appels vidéo, mon frère et nous, les frères et sœurs, parlions entre nous en nous taquinant de manière inoffensive.

L'une de ces séances de taquinerie a très mal tourné. Il est connu pour ce genre de choses et le résultat pourrait être que je ne sois plus en bons termes avec lui quelques heures après cet épisode.

En l'occurrence, il a taquiné ma sœur en lui faisant quelques remarques blessantes sur sa vie. Manifestement, elle ne l'a pas bien pris et nous a tous exclus du groupe. Elle était visiblement en colère contre lui.

Plus tard, alors qu'il en parlait, il a montré ce signe non verbal. Il le fait souvent, en faisant des grimaces, en montrant ses dents ou en vérifiant la présence de boutons sur son visage dans l'appareil photo du téléphone.

Conclusion

Cet indice non verbal ne signifie pas que la personne est totalement insensible. Il se peut qu'il soit doux. Prenons l'exemple de mon frère, bien qu'il soit parfois insensible, le cas est bénin car il n'entre pas dans des bagarres ou des malveillances. Nous sommes tous, à la maison, des doux comme les autres. Il s'agit néanmoins d'un excellent indice non verbal à observer chez une personne.

Indice de manifestation de l'anxiété

Il s'agit d'un signe par lequel la personne concernée agite ses jambes, tout comme le signe d'expression de la colère. Mais cette agitation des jambes horizontalement ou latéralement ne se fait pas de manière très animée, mais plutôt de manière calme. Il ne peut donc pas être confondu avec l'indice d'exposition à la colère.

Un autre fait intéressant à propos de cet indice est qu'il peut être observé à des endroits évidents et qu'il n'y a pas de récompense pour le deviner. Lorsqu'un tel sentiment d'anxiété apparaît, les lieux qui viennent à l'esprit sont les terminaux de passagers des systèmes de transport public, le hall d'attente des cliniques médicales, les salles d'examen des étudiants et bien d'autres encore. En clair, l'attente et les craintes concernant l'avenir peuvent engendrer de l'anxiété, d'où ce signal.

L'observation d'un passager ou de l'accompagnateur d'un patient en soins intensifs permet de constater ce signe non verbal.

Conclusion

Les personnes qui présentent ce signe sont très tendues et la gravité de cette tension dépend du scénario ou de la situation dans laquelle se trouve l'individu. Parler avec eux ne donnera pas de résultats et les questions qui leur sont posées ne trouveront pas de bonnes réponses. De plus, ils ne seront pas d'humeur joyeuse et faire des blagues avec eux n'est pas une bonne idée. Il est préférable de les laisser attendre en silence.

Le résultat final est qu'il est payant d'être intelligent et que celui qui est sage peut agir de la même manière de manière calculée.

Épilogue

Bien que de nombreux livres aient été écrits sur le sujet des signaux non verbaux révélant l'esprit complexe des êtres humains, chacun d'entre eux est totalement différent. Ils traitent différents types d'indices non verbaux et ne sont pas similaires les uns aux autres. Mais révèlent la même complexité majeure des esprits humains dans les écrits qu'ils diffusent.

Outre ces signes non verbaux, il en existe beaucoup d'autres que l'on retrouve chez les gens. Un autre trait de langage corporel dont je voudrais parler en dernier lieu est le tâtonnement au cours d'une conversation.

Mon employeur potentiel évitait la question de me donner une lettre d'offre pour l'exigence d'un emploi car il n'y avait pas de développement concret dans le contrat qui lui avait été attribué par son client. À cause de cela et d'une foule d'autres raisons, comme le fait que l'acompte ne lui a pas été versé en raison de la lenteur des choses en cette période de ralentissement mondial et des conséquences de l'épidémie de pandémie dans le monde entier, ces choses ont persisté.

Je l'ai donc interrogé sur la perspective de me remettre la lettre d'offre et la date d'entrée dans l'entreprise nouvellement créée. Comme je lui parlais au téléphone, je ne pouvais pas me fier aux signaux non verbaux parce qu'il était très éloigné et que toute communication se faisait par appel vocal via l'internet.

Lorsque je lui ai posé la question, il a tâtonné et m'a donné une date générale peu évidente. Il m'a également fait part de quelques développements concernant l'attribution du contrat, les discussions en cours au sein de la direction, etc.

Inutile de dire qu'il n'était pas sûr de ma date d'entrée dans son entreprise. Mais il voulait que je fasse partie de l'entreprise. Il a donc révélé les développements à ce sujet. Ses tâtonnements ont révélé les choses qui lui venaient à l'esprit et j'ai été assuré de trouver un emploi auprès de lui.

Il existe de nombreux indices non verbaux autres que ceux énumérés dans ce livre. Mais on peut tirer beaucoup d'enseignements de ceux qui sont énumérés ici et ils offrent un excellent aperçu de l'esprit des personnes qu'il rencontre dans la vie de tous les jours.

Comme l'a dit Bertrand Russell, "le monde est plein de belles choses qui attendent d'être révélées par notre intellect" et nous devons simplement continuer à chercher, à apprendre, à observer et à nous plonger dans les livres.

A propos de l'auteur

Jude D'Souza

Jude est rédacteur de contenu de profession et possède plus de 9 ans d'expérience dans diverses formes d'écriture. Il a rédigé des articles de blog, des messages sur les médias sociaux et bien d'autres choses encore pour ses employeurs, notamment dans le cadre de contrats en free-lance. Ses clients ont décrit son style d'écriture comme étant poétique, engageant, intellectuel et intéressant. La psychologie fait naturellement partie de sa vie, c'est une qualité innée. Il a appliqué cette méthode dans ses relations quotidiennes avec les gens et cela l'a énormément aidé. Bien qu'il soit utilisé par des personnes à l'esprit complexe, cet attribut peut être adopté moyennant une certaine assistance.

Il s'est efforcé sincèrement de diffuser et de partager la sagesse avec les lecteurs. Il faut certainement leur offrir une certaine valeur.

Il assouvit son appétit de lecture avec des livres qui suscitent la curiosité, principalement des biographies de grandes personnalités, en approfondissant leur vie.

Il vit à Bengaluru avec sa famille proche et son chien Rover.

www.ingramcontent.com/pod-product-compliance
Lightning Source LLC
LaVergne TN
LVHW041639070526
838199LV00052B/3458